Conrad Hofmann

Alexis - Pariser Glossar 3692

Conrad Hofmann

Alexis - Pariser Glossar 3692

Unveränderter Nachdruck der Originalausgabe von 1868.

1. Auflage 2022 | ISBN: 978-3-37505-112-9

Verlag: Salzwasser Verlag GmbH, Zeilweg 44, 60439 Frankfurt, Deutschland
Vertretungsberechtigt: E. Roepke, Zeilweg 44, 60439 Frankfurt, Deutschland
Druck: Books on Demand GmbH, In de Tarpen 42, 22848 Norderstedt, Deutschland

Alexis.

Pariser Glossar 3692.

Von

Conrad Hofmann.

Separat-Abdruck aus den Sitzungsberichten der k. Akad. d. W. 1868. I. 1.

MÜNCHEN.
Verlag der kgl. Akademie.
1868.

Akademische Buchdruckerei von F. Straub.

1) „Ein unedirtes altfranzösisches Prosastück aus der Lambspringer Handschrift."

Das Prosabruchstück der Hildesheim-Lambspringer Handschrift, welches W. Müller in seiner Ausgabe des Alexis erwähnt, kann ich hier durch Vermittlung meines Freundes Hoffmann von Fallersleben, der es mir von W. Müller verschaffte, mittheilen. Es ist kurz, aber so interessant, dass man mir für dessen Veröffentlichung mit dem Hauptstücke der Lambspringer Handschrift Dank wissen wird.

Ecce responsum sancti Gregorii Secundino incluso rationem de picturis interroganti.

Aliud est picturam adorare. aliud per picture historiam quid sit adorandum addiscere. Nam quod legentibus scriptura hoc ignotis prestat pictura.

quia in ipsa ignorantes uident quid sequi debeant. In ipsa legunt qui litteras nesciunt. unde et precipue gentibus pro lectione pictura est.

quod magnopere tu qui inter gentes habitas adtendere debueras. ne dum recto zelo incaute succenderis. ferocibus animis scandalum generares.

frangi ergo non debuit quod non ad adorandum in ecclesiis. set ad instruendas solummodo mentes nescientium constat collocatum et quia in locis uenerabilibus sanctorum depingi historias non sine ratione uetustas admisit.

si zelum discrecione condisses. sine dubio et ea que intendebas salubriter obtinere et collectam gregem non disperdere

set pocius poteras congregare. ut pastoris intemeratum nomen excelleret. non culpa dispersoris incumberet.

Diese Stelle findet sich allerdings wörtlich so bei Gregor dem Grossen, aber nicht in einem Briefe an den inclusus Secundinus, sondern ad Serenum Massiliensem episcopum (Sct. Gregorii Magni Epistt. l. XI. Ep. XIII. p. 1100, Spalte 1128 bei Migne). Dass unsere Stelle irrig überschrieben ist, hat seinen Grund ohne Zweifel darin, dass sich die berühmteste Stelle des Gregorius über Bilderverehrung wirklich in einem Briefe an Secundinus befindet, im IX. Buche, 52. Briefe p. 971, Sp. 990 bei Migne, Patrol. tom. 77 resp. 3 Gregorii.

Este uus le respuns saint Gregorie a Secundin le reclus cum il demandout raison des paintures.

1 Altra óóse est aurier la painture e altra cose est par le
historie de la painture aprendre quela óóse seit ad
aurier. Kar ico que la scripture aprestet as lisanz ióo
aprestet la painture as ignoranz. Kar an icele veient
5 les ignoranz quet il deivent siúre. an icele lisent icels
ki letres ne seuent. ampur la quele cose maismement
la peinture est pur leceun as genz. La quele óóse tu
qui habites entra les genz. deuses antendra. que tu
nangendrasses scandale de crueles curages dementiers
10 que tu esbraseras nient cuintement par dreit amuidie.
Geres nient ne deut estra fruissiet ióó que nient ne par-
maint aluiet ad aurier an eglises. mais ad anstruire
sulement les penses des nient sauanz. e ampur ióó que
lancienetiet nient senz raisun cumandat les hystories
15 estra depaint[es] ¹) es honurables lius des sainz. se tu
feisses amuidie par discrecion. senz dutance poeies sa-
luablement purtenir les óóses que tu attendeies ²) e
nient deperdra la cuileita ³) folc mais maisme[me]nt ⁴)
asemblier que le nient fraint num de pastur excellist. e
20 nient aníóust ⁵) la culpa del deperdethur.

---

1) HS. depaint.
2) So die HS. Vielleicht antendeies zu lesen.
3) So die HS. Vielleicht culleita zu lesen.
4) HS. maisment.
5) aníóust = incumberet = enjeüst.

2) „Das altfranzösische Gedicht auf den heil. Alexius, kritisch bearbeitet".

Die älteste Bearbeitung der im Mittelalter so berühmten Alexiuslegende, welche sich in irgend einer Vulgärsprache bis jetzt gefunden hat, ist bekanntlich die altfranzösische, welche uns in der weiland Lambspringer, jetzt Hildesheimer Handschrift aufbewahrt ist und welche zuerst 1845 von W. Müller in Haupts Zeitschrift f. d. A. V. 299—318, später 1855 von Gessner in Herrigs Archiv für das Studium der neueren Sprachen XVII. 189—227 herausgegeben ist. Der Alexis ist mit Ausnahme des kleinen Eulalialiedes das älteste bekannte Denkmal nordfranzösischer Dichtung, denn wenn auch die Passion Christi und das Leben des heiligen Leodegar, die ich jüngst in den Monatsberichten wiederholt behandelt habe, älter sind und auf nordfranzösische Originale hinweisen, so sind sie uns doch nicht in reinfranzösischer Fassung überliefert. Der Text der Lambspringer HS. ist weit entfernt schlecht zu sein; aber doch im einzelnen mangelhaft genug, um an mehr als einer Stelle die Herstellung einer ganz sichern Lesung unmöglich erscheinen zu lassen. Seine Mängel ergänzt in erwünschter Weise die Pariser Handschrift des Fonds S. Germain des Prés 1856 [1]),

---

1) Der Cod. 1856 S. Germain des Prés enthält: Vie de St. Laurent f⁰. 1 ff. — Adieux de Jesus Christ a Notre Dame, par Willaume pretre f⁰. 8. — La vision St. Paul f⁰. 12. — De Ste. Marie l'Egiptienne f⁰. 15. — De St. Alexis f⁰. 26.— De St. Johan l'evangeliste f⁰. 31. — De S. Johan Baptiste f⁰. 35. — De S. Barthelemy f⁰. 37. — De SS. Pierre et Paul f⁰. 40. — Du Jugement de Dieu f⁰. 42. — Sermon en vers sur le Jugement de Dieu f⁰. 45. — Legende de Pilate en prose f⁰. 48. — Du mepris du Siecle f⁰. 59. — De Ste. Marie Magdelaine par Willaume f⁰. 65. — Enseignement sur

auf deren Varianten hauptsächlich meine vorliegende kritische Bearbeitung des Ganzen beruht. Näheren Aufschluss gibt das Verzeichniss der Lesarten selbst. Dass ich Verstösse gegen Grammatik und Metrik nicht als Licenzen oder Alterthümlichkeiten, sondern als Fehler betrachte und daher konsequent tilge, wird man bei meiner kritischen Methode, die auf reine Texte ausgeht, nicht anders erwarten.

Sonstige Pariser Handschriften, die das Leben des Alexius in Versen enthalten und die ich für meinen Zweck angesehen habe, sind folgende (nach den früheren Bezeichnungen):

1) 7595 (jetzt 1553), welches MS: im Anhang zu Bar-

---

le Pater noster en prose f⁰. 70. — De confession en prose f⁰. 80. — De Notre Dame par Willaume f⁰. 84. — Dit du Besant de Dieu par Willaume f⁰. 94. — Des trois ennuis de l'homme (Rauch, Traufe, böse Frau) par Willaume f⁰. 123. — Vie de Tobie, adressee a Guillaume prieur de Keneillewerche eu Ardenne f⁰. 127. — Vie de Ste. Marguerite f⁰. 139. — Li romans du romans f⁰. 144. (Satyrisch moralisirend über den Weltlauf. — Quatre sermons en latin et en français, prose f⁰. 152. — De Lazare et des miracles du J. C. et de sa passion f⁰. 190 — Ende. Das jüngste Gericht wird so beschrieben:

(f⁰. 45) Or oez des grans signes qui deuant co uendrunt
le ciel se pliera a la terre desouz
et la terre croulera desque en abisme al funz
li. iors deuendra nuit doleros en cel tens
le soleil et la lune roges ierent comme sanc
et sanc plouera del ciel desque en orient
li halt munt et li ual trestut tremblerunt
apres le tremblement dangoisse uerserunt
les esteiles del ciel ius a terre charunt
dunc uendra une nue deuers le ciel amunt
et laltre uendra deuers orient
getera feu et flambe moult angoiseusement
nuef cotes (coces? cores? unsicher) enuiron ardra terre en tot sens
puis niert mostier niglise ne cite ne pais
la mer sen iert alee et li mund iert finis

laam und Josaphat edd. H. Zotenberg und Paul Meyer, lit. Verein 1864, S. 329 ff. und früher von Fr. Michel in der Einleitung zum Roman de la Violette inhaltlich verzeichnet wurde. Der Text weicht sehr vom Lambspringer ab und ist sehr inkorrekt, wie ich aus den Auszügen ersehe, die ich mir davon gemacht habe, z. B. lautet der Anfang

> Cha en arriere. an tans anchienors
> fois fu en tiere iustise et amors
> et verites creanche et doucors
> mais ore est frailes. et plains de grant dolors
> iamais nert tex 9 fu as ancissors
> ne potent [l. portent] foi li mari lor oisors
> ne li vassal fianche lor signors
> ne rois ne contes fiance ne diu ne hon
> cis mondes est tornes en molt grandes errors
> cis siecles est maluais tornes est al desos etc.

2) 7986 ist ebenfalls ein anderer Text[2]). Die Stadt Alsis, Axis, Alxis heisst hier Rohais und Hrohais (zuerst landet er in Landise), dort findet er das wunderthätige Bild. (In 7595 heisst Alsis Alis und Alexis Alesins.)

3) 7652 (Papier) folio, enthält in sehr junger Schrift (15. Jhd.) la vie saint Alexis f⁰. 72 r⁰ — 84 v⁰.

4) Suppl. fr. 632³ f⁰. 51 v⁰. — ff. Dieser Codex enthält meist geistliche Gedichte und Fabliaux, die von Eremiten handeln[3]). Der Alexis hat hier den zweifachen Um-

---

2) Cod. 7986 (kl. 4⁰) enthält: 1. histoire de lancien et du nouveau testament en vers fr. par H e r m a n t. 2. plusieurs miracles de N. D., extraits de ceux de G a u t i e r d e C o i n s y. 3. Le dit de lunicorne et du serpent. 4. Vie de sainte Thais. 5. Vie de sainte Marguerite. 6. le pater noster en vers par S i l v e s t r e. 7. V i e d e S. A l e x i s. 8. li viex de Cologne.

3) Cod. 632³ Suppl. fr. hat unter anderm f⁰. 169 r⁰. Del preu-

fang des alten Textes, einzelne Verse und Tiraden stimmen
jedoch überein, so dass, da auch der Gang der Erzählung
derselbe ist, angenommen werden kann, dass der jüngere
Ueberarbeiter und Erweiterer die alte Dichtung in der
Form, wie sie in der Lambspringer Handschrift vorliegt,
und in der Pariser (1856) modernisirt erscheint, gekannt
hat. Anfang f⁰. 51⁰.

domme qui trouua larbre sec et rauerdi et del larron qui trouua la
fontaine dont li ruissiaus aloit courant contremont. — 185 v⁰. De
lermite ki passa parmi le geule lanemi. — 187 r⁰. Del prouuoire ki
fist fornication lanuit du noel. — 191 r⁰. De la dame de Rome a
cui li fils gisoit que li maufes acousa a lempereour. — 194 v⁰. Del
uilain asnier a cui Merlins parla et le monteplia puis le descrist par
son orguel. 199 r⁰. Dou preudomme et de sa feme qui lor fille uit
lun em paradis et lautre en infer — 204 r⁰. Dune empereris de
Roume que li freres son baron requist. — 210 v⁰. De lermite qui
conuerti le mordreur qui fu saus et li hermites fu dampnes. —
214 r⁰. Dela nonain qui laissa sabeie et folia et nostre dame serui
por li. — 219 r⁰. Del poure clerc qui disoit Ave Maria — 221 r⁰.
De saint Jerome qui vit le diable sor la keue a la dame en la cite
de Bellune. — 223 r⁰. Del Jus qui ferirent le crucefis de la lance et
il engeta grant habundance de sanc. — 226 v⁰. De celui que li bo-
teriaus prist par le leure por son pere qui laissa auoir messaise.
229 r⁰. Del bouriois de Rome qui espousa lymaige de piere — 234 v⁰.
Del preudomme cortillier qui maheigna pour cou quil se repenti de
saumosne. 237. Del roi qui vaut faire ardoir le fil a son senescal.
245 v⁰. Des III. hermites dont li uns se rendi en la blanche abeie
et li autres en la noire montaigne et li tiers a besechon. — 264 v⁰.
Del preudomme qui ne pot emplir le bareil. — 267 v⁰. De labesse
encainte que nostre dame deliura. — 272. Del ermite qui conuerti
le duc Malaquin. 276. Del moine qui conuerti le castel que li diables
ot efforchie. — 280. Del ermite qui ploura sour le sarrassin mort.
— 282. Del clerc Goulias qui se rendi pour labeie reuber et puis
en fu il abes — 206. Des IIII. hermites dont li dui estoient iouene
et li dui villart et ces II. villars beitoit li sains toulons lor viande.
Der Schluss fehlt. Ende des Bandes.

Signour et dames entendes un sermon
dun saintisme home qui Alessis ot non
e dune feme que il prist a oissor
que il guerpi pour diu son creatour
caste pucele et gloriouse flour
qui ains a li ne not 9 ueition (sic, für conversation?)
pour diu le fist sen a bon guerredon
saulue en est lame el ciel nostre signour
li cors en gist a rome a grant hounor
bons fu etc.

Das Ganze hat hier etwa 1200 Zeilen oder mehr.

Diese Handschriften erwähne ich nur, weil in allen einzelne gute Lesarten zur Bestätigung oder Berichtigung des alten Textes sich finden können, die irgend Jemand der Lust und Musse zu solchen stillen Arbeiten hat, einmal ausziehen und nutzbar machen sollte. So hat mir der Cod. 632³ für Str. 1,4 die vorzügliche Emendation valur (für colur) ergeben, die ich in den Text aufgenommen habe, wiewohl auch colur im Hinblick auf 2,4 sich vertheidigen lässt. Sonst ist die Abweichung von 632 so gross, dass die Frau des Eufemien Boneuree und ihr Vater Flourens (Acc. Flourent), und der Kaiser Otevians (Octavianus) heisst, welchem Alexius 7 Jahre als Oberkämmerling (maistre cambrelent) gedient hat. Der Vater von Alexius Frau heisst Lesigne oder Lesigue (Exiguus?).

Prosaeinleitung des Alexis.

Ich gebe sie wieder, 1) weil man aus ihr deutlich sieht, wie gering die Kenntniss des Schreibers von der französischen Sprache war. suverain pietet, souverain consulacium konnte nur ein englischer Schreiber setzen. 2) habe ich bemerkt, dass diese Einleitung wie der Commentar zu den QLR. in Reimprosa geschrieben ist, und zwar in zwei

Tira*d*en, einer kürzeren auf un, um, und einer zweiten längeren auf el, er, etc. Ich bezeichne sie durch liegende Schrift. Aus W. Müller's Beschreibung geht hervor, dass unser liber monasterii Lambspringensis ordinis sancti Benedicti congregationis Anglicanae auf den ersten 8 Blättern einen Kalender, auf den folgenden 20 biblische Gemälde enthält. Diese letztern sollten einmal von einem Kunstkenner, wie unser Hefner Alteneck einer ist, auf Costüme und Stil untersucht und dadurch Zeitalter und Vaterland der Handschrift genau bestimmt werden. Nach meiner Meinung muss sie im 12. Jahrhundert (etwa nach 1150) in England geschrieben und nach 1643 durch die englischen Benediktiner nach Deutschland gebracht sein.

Ici cumencet amiable cauc*un* e spiritel rais*un* d'iceol noble bar*un*, Eufemien par n*um*, e de la uie de sum filz boneüre*t* del quel nus auum oit lire e can*ter*. par le diuine uolente*t* il desirrables icil sul filz angendrat, (lies ad angendre*t*) apres le naisance co fut em*f*es de deu methime am*et* e de pere e de mere par grant certet nurrit (lies nurrit par grant certe*t*). la sue iuuente fut honeste e spi-rit*el.* par l' amiste*t* del suverain piete*t* la sue spuse iuuene cumandat (l. ad cum*an*de*t*) al spus vif de verite*t* ki est un sul faitur e regnet an trinitie*t.* Cesta istorie est amiable grace e suuerain consulacium a cascun memorie spirit*el,* les quels uiuent purement sulunc castethe*t* e dignement sei de-litent es goies del ci*el* et es noces uirgin*els.*

Alexis.

1 Bons fut li secles al tens ancienur;
quer fei*z* i ert e justise et amur,
si ert creance, dunt`ore n' i at [nul] prut,
tut est muez, perdut ad sa *v*alur,
ja mais n' iert tels cum fut as anceisurs.

Al tens Noe et al tens Abraham
et al David, qui deus par amat tant,
bons fut li secles, ja mais n' ert si vailan*z*,
velz est e frailes tut s' en vat remanant,
si 'st ampaire*z*, tut bien *i* vait *morant.*

3 Puis icel tens que deus nus vint salver,
  nostra anceisur ourent cristientet,
  si fut un*s* sire de Rome la citet,
  rices hom fu*d* de grant nobilitet;
  pur hoc vus di, d' un son fil[z] voil parler.

4 Eufemien*s* si out a nnum li pedre,
  con*s* fut de Rome des melz ki dunc i ere*n*t.
  sur tuz ses pers l' amat li emperere.
  dunc prist muiler vailante et honurede
  des melz gentils de tuta la cuntretha.

5 Puis converserent ansemble longament,
  n' ourent amfant, peiset lur en forment
  e deu apelent andui parfitement:
  „e, reis celeste! par ton cumandement
  amfant nus done qui seit a tun talent.‟

6 Tant li prierent par grant humilitet,
  que la muiler dunat fecunditet.
  un fil[z] lur dunet, si l' en sourent bon[t] gret,
  de sain batesma l' unt fait regenerer,
  bel num li metent *selunc* ɋristientet.

2, 4. vait declinant. 5. sest enꞔeriez tut bien i uait morant.
3, 5. son] suen.
4, 4. vaillant. 5. plus st. melz.
5, 2, que enfant nourent poise lur forment. 3. deu en. fehlt andui.
  4. celestes.
6, 1. len für li, bele st. grant. 2. qua. 3. fil. 5. lui mistrent se-
  lunc crestiente.

7 Fud baptize*z*, ȧi out num Alexis.
  ki lui portat, suef le fist nurrir,
  puis ad escole li bons pedre le mist.
  tans aprist letres que bien en fut guarni*z*,
  puis vait li′ emfes l′ emperethur servir.

8 Quant veit li pedre, que mais n′ aurat amfant
  mais que cel sul que il par amat tant,
  dunc se purpenset del secle an avant,
  or volt que prenget moyler a sun vivant,
  dunc li acatet filie d′ un noble Franc.

9 Fud la pulcela [nethe] de *mult* halt parentet,
  fille ad un conpta de Rome la ciptet,
  n′ at mais amfant, lei volt mult honurer.
  ansemble an vunt li dui pedre parler,
  lur dous amfanz volent faire asembler.

10 Doinent lur terme de lur adaisement,
  quant vint al *jurn*, dunc le funt gentement.
  danz Alexis l′ espuset belament;
  mais c′ est tel plait dunt ne volsist nient,
  de tut an tut ad a deu sun talent.

7, 1. baptizie fu si out alix anun —. 2. ki lout porte volentiers le norrit. 3. et li bons peres a escole le mist.

8, 2. celui für que cel, kil ainme für que il par amat. 4 et ueut kil prenge. 5. lui porchace fille aun.

9, 1. mult vor halt. nethe fehlt. 3. na plus denfans mult la uout honorer. 4. unt für uunt, parle f. parler. 5. lors deus enfanz welent.

10, 1. Nunment le terme de lor asemblement. 2. jor mult für fare dunc. 3. uairement für belament. 4. de cel für co est tel. fehlt dunt. vor nient steht il. 5. a deu a sun talant.

11 Quant li jurz passet et il fut anuitet,
co dist li pedre[s]: „filz, quar t' en va[s] colcer
avoc ta 'spuse al cumand deu del ciel.“
ne volt li emfes sum pedre corocier,
vint en la cambra ou eret sa muiler.

12 Cum veit le lit, esguardet la pulcela,
dunc li remembret de sun seinor celeste
que plus ad cher que tut aveir terrestre.
„e, deus!“ dist il, „cum fort pecet m' apresset!
s' or ne m' en fui, mult criem, que ne te m' perde“.

13 Quant an la cambra furent tut sul remes,
danz Alexis la prist ad apeler,
la mortel vithe li prist mult a blasmer,
de la celeste li mostret veritet;
mais lui est tart, quet il s' en seit turnez.

14 „Oz moi, pulcele, celui tien ad espus,
ki nus raens de sun sanc precius.
an ices secle nen at parfit amor,
la vithe est fraisle, n' i ad durable honur;
cesta lethece revert a grant tristur.“

15 Quant sa raisun li ad tute mustrethe,
pois li cumandet les renges de s' espethe
et un anel, a deu l' ad comandethe,
dunc en eissit de la cambre sum pedre,
ensure nuit s' en fuit de la contrethe.

11, 1 fu anoitiez.   2. fiz für co. filz fehlt. car te ua cochier,
3. tespose.   4. uait a la chambre dreit a sa moillier.

12, 1. quant uit.   2. si lui menbre.   3. kil plus a cier que tote
honor.   4. si grant pechie mapresse.   5. sore. me für tem.

13, 3. celestre lui mostrat.   5. mais st. tart, esteit st. est tart,
fust ale st. seit turnet.

14, 1. os tu.   2. raenst.   3. cest. parfite.

15, 1 lui st. li.   2. dunc lui cunmande la renge de sa espee.
3. et un anel dunt lout espousee.   4. sen ist fors.   5. en
cele nuit.

16 Dunc vint errant dreitement a la mer.
la ne*f*s est preste, ou il deveit entrer,
dunet sum pris et eax est aloes.
drecent lur sigle, laisent curre par mer,
la pristrent terre, o deus les volt mener.

17 Dreit a la Lice, co fut cites mult bele,
iloec arivet sainement la nacele,
dunc an eisit danz Alexis a certes.
co ne sai jo, cum longes i converset.
ou que il seit, de deu servir ne cesset.

18 D' iloc alat an Alsis la ciptet
pur une imagine dunt il oït parler,
qued angele[s] firent par cumandement deu
el num la virgine ki portat salvetet,
sainta Marie ki portat damnedeu.

19 Tut son aver, qu' od sei en ad portet,
tut le depart par Alsis la citet,
larges almosnes, que gens ne l' en remest,
dunat as provres u qu' il les pout trover.
pur nul aver ne volt estra ancumbres.

20 Quant sun aver lur ad tot departit,
entra les povres se sist danz Alexis,
recut l' almosne quant deus la li tramist.
tant en retint dunt ses cors puet guarir,
se lui 'n remaint, si l' rent as poverins.

16, 2. pora st. deueit.   3. sest aloez.   5. prennent terre ou deu
lor vout doner.

17, 1. ceo fu une cite.   3. a terre st. a certes.   4. mais ieo ne
sai cumme lunges i conuerse.   5. seruir.

18, 1. puis sen ala en Axis la cite.   2. ymage.   3. angre. le com-
mandement.   4. nun de la uirge.

19, 1. kil out o sei porte,   2—3. si le depart que rien ne len re-
mist larges almones par Axis la cite.   4. dona.

20, 1. out a toz departis.   2. sasist.   4. recut. sun st. ses.   5. lui
st. luin — as plus poures le rent.

21 Or revendrai al pedra et a la medra
et a la 'spuse *qui sole fut remese.*
quant il co sourent qued *il fuïz s' en eret,*
co fut granz dols *par tote la cuntrede*
e granz deplainz par tuta la citie*d*e.

22 Co dist li pedre: „chers filz, cum t' ai perdut!"
respont la medre: „lasse, qu' est devenuz!"
co dist la 'spuse: „pechet le m' at tolut.
e, chers amis, si pou vus ai oüt!
or sui si graime, que ne puis estra plus."

23 Dunc prent li pedre de ses meilurs serganz,
par multes terres fait querre sun amfant.
jusqu' an Alsis en vindrent dui errant,
iloc truverent dan[z] Alexis sedant,
mais ne conurent sum vis ne sum semblant.

24 Des at li emfes sa tendra carn mudede,
ne l' reconurent li.dui sergant sum pedre;
a lui medisme unt l' almosne dunethe,
il la receut cume li altre frere.
ne l' reconurent, sempres s' en returnerent.

25 Ne l' reconurent ne ne l' unt anterciet.
danz Alexis an lothet deu del ciel
d' icez sons sers, qui il est provenders.
il fut lur sire, or est lur almosners.
ne vus sai dire, cum il s' en firet liez.

21, 1. ore uendrai.   2. qui sole fu remese.   3. que fui sen ere.
4. ceo fu grant duel par tote la contree.   Vers 5. fehlt ganz.
22, 1. bel st. cher.   4. amis bel sire.   5. ore.
23, 2. maint pais st. multes terres.   3. desque en Axis.   5. ne
st. nan.
24, 1. Si out st. des at — mue.
25, 1. entecie.   3. almosner st. prouenders.   4. provender st.
almosners.   5. cumme il se fist liez.

26 Cil s' en repairent a Rome la citet,
nuncent al pedre que ne l' pourent truver.
set il fut graim*s*, ne l' estot demander.
la bone medre s' em prist a dementer
e sun ker fil[z] suvent a regreter.
27 Filz Ale*x*is, pur quei *t*' portat ta medre!
tu m' ies fuï*s*, dolente an sui remese,
ne sai le leu ne nen sai la contrede,
u t' alge querre, tute en sui esguarethe.
ja mais n' ierc lede, kers filz, *ni n*' ert *tes* pedre.“
28 Vint en la cambre plaine de marrement,
si la despeiret, que n' i remest nient,
n' i *laissat* palie ne *neül* ornement.
a tel tristur aturnat sun talent,
unc[hes] puis cel di ne s' contint ledement.
29 „Cambra, dist ela, ja mais n' estras parede
ne ja ledece n' ert an tei demenede.“
si l' at destruite, *cumdis l' avust predethe*,
sas i fait pendre, curtines deramedes,
sa grant honur a grant dol ad turnede.
30 Del duel s' asist la medre jus[que] a terre,
si fist la 'spuse dan[s] Alexis a certes.
„dama, dist ele, íó i ai si grant perte,

26, 1. retornent st. repairent.   2. pueent.   8. se il fut dolenz
— estuet.
27, 1, fil Alexis porquei te porta ta 'mere.   2. mes fuiz.   8. nen
fehlt.   4. u te puisse — en fehlt.   5. ia niere mes lie bel fiz
non ert ti pere.
28, 2. despoille st. despeiret — remist.   8. laissa paile ne nul
aornement.   4. a tristur torne.   5. Vnc — ne uesqui liement.
29, 1, ne serez paree.   2 ne iames leece.   8. cum sel leust preee.
4. sacs i fait tendre cinces deramees.   5. a grant dolor 'est
(÷) tornee.
30, 1. de st. del — ius st. jusque.   8. deu st. dama — mult par

ore vivrai an guise de turtrele;
quant n' ai tun fil[z], ansembl' ot tei voil estra."

31 Co dist la medre: s' a mei te vols tenir,
si t' guardarai pur amur Alexis,
ja n' auras mal dunt te puisse guarir.
plainums ansemble le doel de nostre ami,
tu de [tun] seinur, jo l' ferai pur mun fil."

32 Ne poet estra altra, turnent el consirrer;
mais la dolur ne pothent ublier.
danz Alexis en Alsis la citet
sert sun seinur par bone volentet,
ses enemis ne le poet anganer.

33 Dis e seat anz, n' en fut nient a dire,
penat sun cors el damnedeu servise.
pur amistet ne d' ami ne d' amie
ne pur honurs, ki l' en fussent pramises,
n' en volt turner tant cum il ad a vivre.

34 Quant tut sun quor en ad si afermet,
que ja sum voil n' istrat de la citied,
deus fist l' imagine pur sue amur parler
al servitor qui serveit al alter.
co li cumandet: „apele l' ume deu."

---

ai fait grant perte.   4. desor st. ore.   5. ore nei ton fil
ensemble o tei uoil estre.

31, 1. respunt la mere o mei te uels tenir.   2. garderei tei por
lamor Alexi.   4. pleignun.   5. tu por tun seignor iel ferai
pur mun fil.

32, 1. altre estre metent al consirrer.   3. Axis.   4. grant hu-
milite st. bone uolentet.   5. pueent st. poet.

33, 1. Dis et set — ne st. nen.   2. iloc el st. el damne.   3. ne
fehlt.   4. ne pur honor que nul lui ait pramise.   5. ne
ueut torner tant cum il ait a vivre.

34, 1. cuer i a si atorne.   2. que mais son wel.   3. por lamor
de lui.   4. servist.   5. fait uenir st. apele.

35. Co dist l' imagena: fai l' ume deu venir
    enz el muster, quar il ad deservit
    et il est dignes d' entrer en paradis."
    cil vait, si l' quert, mais il ne[l] set coisir
    icel saint home de cui l' imagene dist.

36. Revint li costre a l' imagine el muster.
    „certes, dist il, ne sai cui antercier."
    respont l' imagine: „óó 'st cil qui tres l' ua set.
    pres est de deu et des regnes del ciel,
    par nule guise ne s' en volt esluiner."

37. Cil·vait, si l' quert, fait l' el muster venir.
    estvus l' esample par trestut le païs,
    que cele imagine parlat pur Alexis,
    trestuit l' onurent li grant e li petit
    et tuit li prient que d' els aiet mercit.

38. Quant il óó veit, que l' volent onurer,
    „certes, dist il, n' i ai mais ad ester,
    d' icest honur ne *me* voil ancumbrer."
    ensure nuit s' en fuit de la ciptet,
    dreit a la Lice rejunt li sons edrers.

39. Danz Alexis entrat en une nef,
    ourent lur vent, laisent curre par mer,
    andreit Tarson espeirent ariver;

35, 1. ceo dist lymage.   2. enz el mostier car il a deserui.
3. dignes.   4. sel quiert.
36, 1. tost st. li costre.   3. cest cil qui lez luz siet.   4. del
regne.   5. por nul aueir ne se uont esloigner.
37, 1. lei al st. lel.   2. eceuous la nouele.   5. kil ait de els
mercit.
38, 1. ceo nit que hum le uout.   3. de ceste honur ne me uoil
ancumbrer.   4. en une st. en sur.   5. reioint st. reuint —
li suens orez.
39, 1. Saint st. danz — nes.   2. drescent lor sigle.   3. e dreit

mais ne puet estra, ailurs l' estot aler,
andreit a Rome les portet li orez.
40 A un des porz ki plus est pres de Rome,
iloc arivet la nef*s* a cel saint home.
quand vit sun regne, durement s' en redutet
de ses parenz, qued il ne l' recunuissent
e de l' honur del secle ne l' encumbrent.
41 „E deus, dist il, bels reis, qui tout guvernes,
se tei ploüst, *i*ci ne volisse estra.
s' or me conuissent mi parent d' [ic]esta terre,
il me prendrunt par pri ou par poeste;
se jo 's an creid, il me trairunt a perdra.
42 Mais ne pur huec m*es* pedre me desirret,
si fait ma medra, plus que femme qui vivet,
avoc ma 'spuse que *í*ó lur ai guerpide.
or ne lairai, ne *m*' mete an lur bailie,
ne *m*' conuistrunt, tanz jurz ad que ne *m*' virent.“
43 Eist de la nef e vint andreit a Rome,
vait par les rues dunt il ja bien fut cointe*s*,
n' altra pur altra mais sun pedre i ancuntret,
ansembl' ot lui grant masse de ses humes,
si l' reconut, par sun dreit num le numet.

---

a ronme espeirent ariuer.　4. mais aillors lor estuet torner.
5. tot dreit a rume.
40, 2. a cel st. aicel.　4. que nel reconeussent.
41, 1. bon reis st. bels reis.　2. sil te pleust ici ne nousisse estre.
3. deste terre.　4. et st. ou.　5. se ies crei tot me torrunt
'a perte.
42, 1. e neporquant mis peres me desire.　2. hum st. femme.
3. auoc ices lespose que ai guerpie.　4. ne st. nen.　5. ne
me conoistrunt lunc tens a ne me uirent.
43, 1. si uait erant a rome.　2. iadis fu bien cointes st. il ia bien
fut cointe.　2. ne un ne altre.　5. apela st. reconut.

44 „Enfemien, bel sire, riches hom,
quar me herberges pur deu an *ta* maison,
suz tun degret me fai un grabatum
em pur tun fil[z], dunt tu as tel dolur.
tut soi amfer*ms*, si m' pais pur sue amor.“

45 Quant ot li pedre le clamor de sun fil[z],
plurent si oil, ne s' en püet astenir:
„por amor deu et pur mun cher ami
tut te durai, boens hom, quanque m' as quis,
lit et ostel e pain e carn e vin.“

46- „E deus, dist il, quer oüsse un sergant,
ki l' me guard*ast*! íó l' en fereie franc.“
un en i out ki sempres vint avant:
„asme, dist il, ki l' guard pur `ton comand,
pur tue amur an soferai l' ahan.“

47 Dunc le menat andreit suz le degret,
feit li sun lit o il poet reposer,
tut li amanvet quanque busuinz li ert.
contra seinur ne s' en volt mes aler,
par nule guise ne l' em puet hom blasmer.

44, 1. Eufemiens beau sires riches huem.   2. herberge mei pur
deu en ta maison.   3. grabatun.   4. et st. em.   5. si me
st. sim.

45, 1. oi li peres la clamor de sun fil.   2. plore des oilz.   9. por
deu amor.   4. ferai boens hum.

46, 2. ki le megardast tot le feroie frauc.   4. prest sui dist il
kel guart par ton cumand.   5. uostre st. tue — sofrirai st.
soferai.

47, 1. cil st. dunc — tot dreit sos le degre.   2. fist lui.   3. apre-
ste st. amanuet. ois li fu asez st. besuinz li ́ert.   4. vers sun
st. contra.   5. en st. par.

48 Sovent le virent e le pedre e la medra
e la pulcele qu' ot li ert espusede;
par nule guise unces ne l' aviserent,
n' il ne lur dist, ne *il*[s] ne l' demanderent,
quels hom esteit ne de quel terre il eret.

49 Soventes feiz lur veit grant duel mener
e de lur oilz mult tendrement plurer,
e tut pur lui, unces nient pur eil.
danz Alexis le met el consirrer,
ne l'en est rien. issi est aturnez.

50 Soz le degret, ou il gist sur sa nate,
iluec paist l' um del relef de la tabla.
a grant poverte deduit sun grant parage,
ćó ne volt il que sa mere le sacet.
plus aimet deu que *tres*tut sun linage.

51 De la viande qui del herberc li vint,
tant an retint dunt sun cors an sustint,
se lui 'n remaint, si l'- rent as poverins,
n' en fait *mis*gode pur son cors engraisser;
mais als plus povres le donat a mangier.

48, 2. kil out st. quot li ert.   3. en st. par.   4. ne il nel dist
ne cist nel demanderent.   5. regne il ere.

49, 1. uit.   3. tres st. e.   el st. eil.   4. il les esgarde sil met
el consirrer.   5. kar an deu est tot le suen penser.

50, 1. il fehlt.   suz une st. sur sa.   3. barnage st. parage.   4. et
si ne ueut que sis peres.

51, 2. recut st. retint, que st. dunt.   3. si len st. se lui en — as-
mosniers st. pourins.   4. ne fist estui st. nen fait musgode.
Nach Vers 4 folgt: mais as plus poures le done a mamger.

52 En sainte eglise converset volenters,
cascune feste se fait acomunier.
sainte escriture có ert ses conseilers.
del deu servise se volt mult efforcer,
par nule guise ne s' en volt esluiner.

53 Suz le degret ou il gist e converset,
iloc deduit ledement sa poverte.
li serf sum pedre, ki la maisnede servent,
lur lavadures li getent sur la teste,
ne s' en corucet net il ne 's en apelet.

54 Tuit l'' escarnissent, si l' tenent pur bricun,
l' eguà li getent, si moilent sun linóól.
ne s' en corucet giens cil saintismes hom,
ainz priet deu quet il le lur parduinst
par sa mercit, quer ne sevent que funt.

55 Iloc converset eisi dis e set anz,
ne l' reconut nuls sons apartenanz
ne neüls hom ne sout les sons ahanz
mais que li lis, ou il a geü tant,
ne' l' pot celer, si l' est aparissant.

56 Trente quatre anz ad si cun cors penet.
deus sun servise li volt guereduner;
mult li angreget la sue anfermetet,
or set il bien qued il s' en deit aler.
cel son servant ad a sei apelet:

52, 1. iglise.   2. acumenier.   3. est st. ert.   4. de deu seruir
le roue efforcer.   5. Danz alexis ne se uoult esloignier.
53, 2. liement.   4. lors laueures — sus st. sur.   5. se st. sen.
54, 1. lescharnissent.   2. leue — licun. st. lincol.   3. giens
fehlt — icil st. cil.   5. kil ne seuent kil.
55, 1. issi.   2. conurent les suens.   3. nest hom en terre qui sace
les suens ahans. Nach Vers 3 folgen die zwei fehlenden Verse:
Mais que le lit ou il a geu tant, Nel puet celer cil est aparis-
sant.
56, 3. agrege.   5. suen seriant

57 „Quer mei, bel frere, et enca e parcamin
    et une penne, óó pri, tue mercit.“
    cil li aportet, receit les Alexis.
    de sei medisme tute la cartra escrit,
    cum s' en alat e cum il s' en revint.

58 Tres sei la tint, ne la volt demustrer,
    ne l' reconuissent usqu' il s' en sait ales.
    parfitement s' ad a deu cumandet;
    sa fins aproismet, ses cors est agraves,
    de tut an tut recesset del parler.

59 An la sameine, qued il s' en dut aler,
    vint une voiz treiz feiz en la citet
    hors del sacrarie par cumandement deu,
    ki ses fideilz li ad tuz amvies.
    preste est la glorie qued il li volt duner.

60 En l' altra voiz lur dist altra summunse,
    que l' ume deu quergent ki est an Rome,
    si li depreient, que la cites ne fundet
    ne ne perissent la gens ki enz fregundent.
    ki l' unt oïd, remainent en grant dute.

_____

57, 1. encre.   2. pane ceo.   3. cil li aportet et cil la coilli.
    4. de sei meisme tote la chartre escrist.   5. senfui st. il sen-
    reuint.
58. 1. triers st. tres.   2. que nel conuissent desquil sen seit alez.
    3. sest st. se ad — cumandez.   3. aproce sis cors est agrevez.
    5. cesse de parler.
59, 3. fors del sacraire cum deu la commande   4. a asei enuiez.
    5. preste est la gloire. — leur st. li.
60, 1. allaltre uoiz lur fist une semunse.   2. quiergent ki gist.
    3. si lui deprient.   4. perisse — ens fregunde.   5. lunt.

61 Sainz Innocenz ert idunc apostolies,
a lui repairent e li rice e li povre,
si li requerent conseil d' icele cose
qu' il unt oït, ki mult les desconfortet,
ne guardent l' ure, que terre ne 's anglutet.

62 Li apostolies e li enpereor,
li uns Acharies, l' altre Anories out num,
et tuz li poples par commune oraisun
depreient deu que conseil lur an duinst
d' icel saint hume, par qui il guarirunt.

63 Co li deprient *par* la sue pietet,
que lur ansein[e]t, o l' poissent recovrer.
vint une voiz ki lur ad anditet:
„an la maisun Eufemien quereiz;
quer iloec est, [et] iloc le trovereiz.“

64 Tui*t* s' en returnent sur dam Eufemien,
alquan*t* le prennent forment a blastenger:
„iceste cose nos doüses nuncier
a tut le pople, ki ert desconseilez.
tant l' as celet, mult i as grant pechet.“

65 I₁ s' escondit cume cil ki[l] ne l' set,
mais ne l' en creient, al helberc sunt alet,
il vat avant la maisun aprester.
forment l' enquer*t* a tuz ses menestrels,
icil respondent, que neüls d' els ne l' set.

61, 1. saint innocent.   3. de ceste.   5. les asorbe st. nes an-
glutet

62, 1. apostoiles.   2. Akaries — Honorie.   3. trestat li poples.
5. de cel.

63, 1. par sa grant piete.   2. que lor enseint ou le porunt trouer.
3. endite.   4. a st. an.   5. la st. iloc.

64, 1. tut — sus danz.   2. alquant le.   3. deussies.   5. chele
— en st. i.

65, 1. sescondit cum cil ki.   2. ostel st. helberc.   4. mene-
sterez· .   5. respunent — nul de els.

66 Li apostolies e li empereür
   sedent es bans e pensif e plurus,
   iloc esguardent tuit cil altre seinor[s]
   si preient deu que conseil lur an duinst
   d' icel saint hume par qui il guarirunt.

67 An tant dementres cum il iloec unt sis,
   deseivret l' aneme del cors saint Alexis,
   tut dreitement en vait en paradis
   a sun seinor qu' il aveit tant servit.
   e, reis celeste, tu nus i fai venir!

68 Li boens serganz, ki l' serveit volentiers,
   il le nuncat sum pedre Eufemien.
   suef l' apelet, si li ad conseilet:
   „sire, dist il, morz est tes provenders,
   e óó sai dire, qu' il fut bons cristiens.

69 Mult lungament ai a lui converset;
   de nule cose certes ne l' sai blasmer,
   e óó m' est vis, que óó est li hum[e] deu.“
   tuz suls s' en est Eufemiens turnes,
   vint a sun fil[z] ou [il] gist suz lu degret.

70 Les dras suzlevet dunt il esteit cuvers,
   vit del saint home le vis e cler e bel.
   en sum puing tint la cartre li deu serfs
   ou a escrit trestot le suen convers;
   Eufemiens volt saver, quet espelt.

66, 2. corocous st. plurus.   3. il les st. iloc — seinor.   4. de-
prient st. si preient — doinst.   5. de cele chose dunt si de-
siros sunt.

67, 1. et st. an. — unt iloec.   2. saint.   5. deu rei celestes la
   nos fai paruenir.

68, 2. il la nuncie a danz Eufemiens.   4. tis.

69, 1. o st. a.   3. e mei est uis kil est.   4. Eufemiens turnes.
   5. ou gist sos les degrez.

70, 1. le drap soslieve dunt.   3. tient en. Nach 3 folgt: ou a
escrit trestot le suen conuers.   4. que ceo espialt.

71 Il la volt prendra, cil ne li volt guerpir.
 a l' apostolie revint tuz esmeriz:
 „ore ai trovet óó que tant avums quis.
 suz mun degret gist uns morz pelerins,
 tent une cartre, mais ne li puis tolir."

72 Li apostolies e li empereor
 venent devant, jetent s' an ureisuns,
 metent lur cors en granz afflictiuns:
 „mercit, *funt il, por deu!* saintismes hom,
 ne *t'* coneümes net uncor conuissum.

73 Ci devant tei estunt dui pechet*h*or
 par la deu grace vocet amperedor,
 c' est sa merci qu' il nus consent l' onor,
 de tut est mund sumus *guvernedor,*
 del ton conseil sumes tut busuinus.

74 Cist apostolies deit les aŋames baillir,
 c' est ses mesters dunt il ad a servir.
 dun[e] li la óártre par *la* tue mercit,
 óó nus dir[r]at qu' enz troverat escrit,
 e óó duinst deus, qu' or en puisum guarír."

75 Li apostolies tent sa main a la cartre,
 sainz Alexis la sue li alascet,
 lui le consent ki de Rome esteit pape.
 il ne la list ne il dedenz ne guardet,
 avant la tent ad un bon clerc e savie.

71, 2. esbahiz st. esmeriz.   5. ne st. na.
72, 2. uindrent auant et firent oreisuns.   3. mistrent lors,   4. mer-
 cit funt il por deu.   5. ne te coneusmes nencor ne conoissun.
73. 1. estent st. estunt.   2. uouchie st. uocet.   4. gouerneor st.
 jugedor.   5. de ton conseil sumes mult besoignos.
74, 1. cil — des almes a baillie.   3. par la tue mercit.   4. kil
 trouera.   5. e co nos doinst deus- quor li puissuns plaisir.
75, 2. danz st. sainz.   3. la cunsent.   4. mais ne la list ne de-
 denz nesgarde.   5. un clerc bon et sage.

76 Li cancelers cui li mesters an eret,
cil list *la* cartre, li altra l' esculterent.
d' icele gemme, qued iloc unt truvede,
lur dist le num del pedre e de la medre
e óó lur dist, de quels parenz il eret.

77 E óó lur dist, cum s' en fuït par mer
e cum il fut en Alsis la citet
e que l' imagine deus fist pur lui parler,
e pur l' onor, dunt ne s' .volt ancumbrer,
s' en refuït en Rome la citet.

78 Quant ot li pedre co que dit ad la cartre,
ad ambes mains derump[e]t sa blance barbe.
„e filz, dist il, cum dolerus message!
íó atendi quet a mei repairasses,
par deu merci que tu m' reconfortasses.“

79 A halte voiz prist li pedra a crier:
„filz Alexis, quels dols m' est [a]presente*s*!
malvaise guarde t' ai fait[e] suz mun degret,
a las, pecables, cum par fui avogle*s*!
tant *t'* ai vedud, si ne *t'* poi aviser.

80 Filz Alexis, de ta dolenta medra!
tantes dolurs ad pur tei andurede*s*
e tantes fains et tantes consireres
e tantes lermes pur le ton cors pluredes,
cist dols l' aurat enquo*i* par acurede.

76, 2. la.   3. 4. dicele gemme qued iloc unt truvee lur dist le num.

77, 2. Allxis 5. a. st. en.

78, 1. dist en. st. dit ad.   2. a ses deus mains detrait.   4. vif atendoie.   5. tu me.

79, 2. quel duel mest presentez.   3. tei fait sos mes degres.   4. tant par sui auoglez.   5. tai ueu si ne te pui.

80, 1. de ta dolente medre.   2. mainte dolur.   4. a pur ton cors pluredes.   5. enquoi par tuee.

81 O, filz, cui erent mes granz ereditez,
mes larges terres dunt jo aveie asez,
mes granz paleis de Rome la citet,
et en pur tei m' en esteie penes,
puis muñ decés en fusses enores.

82 Blanc ai le chef e la barbe ai canuthe,
ma grant honur t' aveie retenude,
et an pur tei, mais n' en aveies cure,
si grans dolur or m' est apareüde.
filz, la tue aname el ciel seit absoluthe!

83 Tei cuvenist helme e brunie a porter,
espede ceindra cume tui altre per,
e grant maisnede doüses guverner,
le gunfanun l' emperedur porter,
cum fist tis pedre e li tonz parentez.

84 A tel dolur et a si grant poverte,
filz, t' ies deduis par alienes terres,
et d' icels biens ki toen doüsent estra,
que n' am perneies en ta povre herberge!
se te ploüst, sire en doüsses estra."

85 De la dolur, qu' en demenat li pedra,
grans fut la noise, si l' antendit la medre,
la vint curant[e] cum femme forsenede,
batant ses palmes, criant eschevelede,
vit mort sum fil[z], a terre cet pasmede.

81, 1. et st. o.   3. en st. de.   4—5. et pur tei fiz men esteie penez puis mun deces en fussiez honorez.
82, 1. barbe chanue.   2. honor aueie.   3. et an fehlt. Nach tei fiz.   4. ui nach mest. or fehlt.   5. alme seit al ciel.
83, 1. halberc broigne.   2. ti st. tui.   3. ta st. e.   4—5. le gunfanun lempereur porter cum fist tis pedre et si altre per.
84, 1. tels dolurs — granz pouertes.   2. estes deduit.   3. ices granz biens ki tuens deussent estre.   4. ne uousis prendre ainz amas pouerte.   5. sil te pleust sire en deusses estre.
85, 1. que st. quen.   2. fu la noise.   3. curant.   4. escheuelee.

86 Chi [dunt] li veïst sun grant dol demener,
suṁ piz debatre e sun cors dejeter,
ses crins derumpre e sen vis maiseler,
sun mort amfant detraire et acoler,
mult fust il durs, ki n' estoüst plurer.

87 Trait ses chevels e debat sa peïtrine,
a grant duel met la sue carn medisme.
„e filz, dist ele, cum m' oüs enhadithe,
et íó dolente, cum par fui avoglie!
ne t' cunuisseie plus qu' unches ne t' vedisse"

88 Plurent si oil e si *j*etet granz cris,
sempres regret*et*: „mar te portai, bels filz!
e de ta medra que *n*' aveies mercit,
pur que m' vedeies desirrer a murir?
c' est gran*z* merveile, que piete*z* ne t' en prist.

89 A, lasse mezre, cum oi fort aventure!
or vei íó morte tute ma porteüre,
ma lunga atente a grant duel est venude,
pur quei portai, dolente, malfeüde!
c' est granz merveile, que li mens quors tant duret.

86, 1. lui ueist. 5. son uis derumpre ses cheuels detirer. 4. et
son fiz mort acoler et baisier. 5. ni out si dur kil neusteust
plurer.

87, 2. a duel demeine. 3. fait ele cume mauez haie. 4. pe-
chable st. dólente, sui st. fui. 5. ne te conui plus que unc
ne te uedisse.

88, 1. plore des oilz et gete mult granz cris. 2. apres le regrete
mal te portei bel fiz. 3. nen st. quer. 4. por tei ueez st.
purquem uedeies. 5. ia est merueile cum iel puis sotrir.

89, 1. ohi lasse mere cum ai forte auenture. 4. que porai faire
dolente creature. 5. ceo est merueile que li mien cuer tant
duret.

90 Filz Alexis, mult oüs dur curage,
cum avilas tut tun gentil linage!
set a mei sole vels une feiz parlasses,
ta lasse medre, si la *reconfortasses,*
ki si 'st dolente, cher fiz, bor i alasses.

91 Filz Alexis, de la tue carn tendra!
a quel dolur deduit as ta juventa!
pur que m' *fuïs?* ja t'[e] portai en men ventre,
e deus le set, que tute sui dolente,
ja mais n' erc lede pur home ne pur femme.

92 Ainz que *t' eüsse si 'n* fui mult desirruse,
ainz que t' vedisse, si 'n fui mult angussusse,
quant jo t' vid ned, si 'n fui lede e goiuse;
or te vei mort, tute en sui doleruse,
óó peiset mei que ma fins tant demoret.

93 Seinur[s] de Rome, pur amur deu, mercit!
aidiez m' a plaindra le duel de mun ami.
granz est li dolz ki sor mei est vertiz,
ne puis tant faire que mes quors s' en sazit.
il n' est merveile, n' ai mais filie ne fil[z]."

90, 1. eus st. ous.   2. quant adósas tut.   3. se une feis uncore
parlasses.   4. ta lasse medre que la reconfortasses.   5. que
ai est graime cher fiz bon i leuasses.
91, 2. tel dolur as deduit ta iuuente.   3. pur quei teusse ieo
porte de mon uentre.   4. set or sui ieo mult dolente.
5. nierc lie.
92, 1. que teusse.   2. que te ueisse mult par fui angoissose.
3. puis que fus nez si fui ieo mult ioiouse.   4. mort si sui
si corochose.
93, 3—4. granz est li dols ki sus mei est uertiz ne puis tant faire
que mes quors seis saziz.   5. il nest.

94 Entre le dol del pedra e de la medre
.   vint la pulcele que il out espusede.
„sire, dist ela, cum longa demure*d*e
ai atendude an la maisun tun pedra
ou tu *m*' laisas dolente et eguarede.

95 Sire Alexis, tanz jurz t' ai dèsirret
et tantes lermes pur ton cors ai pluret
e tantes feiz pur tei an luinz guardet,   ·
si revenisses ta 'spouse conforter,
pur felunie nient ne pur lastet.   ·

96 O, kiers amis, de ta juvente bela!
óó peiset m*e*i, que s' purirat *en* terre.
e, gentils hom, cum dolente puis estra!
íó atendeie de te bones noveles,
mais *or* les vei si dures e si pesmes.

97 O bele buce, bel vis, bele faiture,   ·
cum est mudede vostra bela figure!
plus vos amai que nule creature;
si gran*s* dolur or m' est apareüde,
melz me venist, amis, que morte fusse.

98 Se jo *t*' soüsse la jus suz lu degret
ou as geüd de lung*a* amfermetet,
ja tute gen*s* ne m' en soüs[en]t turner,

94, 2. esuos st. uint.   3. demoree.   4. atendu.   5. tu me
laisas — ou fehlt.

95, 2. hier folgt auf Vers 1. et tantes lermes por ton cors plore.
3. et tant souent pur tei an loins esgarde.   4. si reuendreies
tespose conforter.   5. fehlt in Par. ganz.

96, 2. fehlt, dafür steht: cum ore sui graime que ore porira en
terre.   3. e gentil hom come dolente puis estre.   4. tei.
5. mult dures e si pesmes.

97, 1. ohi bele chose.   2. cumme uei mue.   4. dolur mestui.
5. miex.

98, 1. se ieo uos.   2. en grant st. de lung.   3. nest home qui

qu' a tei ansemble n' oüsse converset
si me leüst, si t' oüsse [bien] guardet.
99 Or[e] sui íó vedve, sire! dist la pulcela,
ja mais ledece n' aurai, quar ne pot estra,
ne ja mais hume n' aurai en tute terre.
deu servirei, le rei ki tot guvernet,
il ne *m'* faldrat, s' il veit que jo lui serve."
100 Tant i plurat e le pedra e la medra
e la pulcela que tu*t* s' en alasserent.
en tant dementres le saint cors conreierent
tuit cil seinur e bel l' acustumerent.
com felix cel[s] ki par feit l' enorerent!
101 „Seignor[s], que faites? óó dist li apostolie*s*,
que valt cist cri*z*, cist dols ne cesta noise?
chi chi se doilet, a nostre oes est il goie;
quar par cestui aurum boen adjutorie,
si li preiuns que de tuz mals nos tolget."
102 Trestu*it* li preient, ki pourent avenir,
cantant enportent le cors saint Alexis,
e tuit li preient que d' els aiet mercit.
n' estot somondre icels ki l' unt oït,
tuit i acorent li grant e li petit.

---

uiue qui meust trestorne.   4. quensemble o tei neusse.
5. sil.
99, 1. ore par sui uaine.   2. naurai charnel en terre.   3. ne
charnel hume naurai car ne puet estre.   5. ne me faldra —
que iel serue.
100, 2. tot st. tuz.   3. apresterent st. conreierent.   4. bel le
conduierent.
101, 3. gloire st. goie.   5. ceo li preiuns que por deu nos asoille
102, 1. trestuit.   3. et ceo lui prient kil ait de els merci.   5. nis
li enfant petit.

103 Si s' en commovrent tota la genz de Rome,
plus tost i vint ki plus tost i pout curre.
par mi les rues an venent . si granz turbes,
ne reis ne quons n' i poet faire entrarote,
ne le saint cors ne pourent passer ultra.

104 Entr' els anprennent cil seinor a parler:
„granz est la presse, nus n' i poduns passer,
por cest saint cors que deus nus ad donet.
liez est li poples ki tant l' at desirret,
tuit i acorent, nuls ne s' en volt turner.“

105 Cil an respondent, ki l' ampirie baillissent:
„mercit, seniur, nus en querrunz mecine,
de nos aveirs feruns *granz* departies
la main menude ki l' almosne desiret.
s' il nus funt presse, uncore [an] ermes delivre[s].“

106 De lur tresors prenent l' or e l' argent,
si l' funt geter devant la povre gent.
par ióó quident aveir discumbrement;
mais ne puet estra, cil n' en rovent nient,
a cel saint hume trestuz est lur talenz.

107 Ad une voiz crient la genz menude:
„de cest aveir certes nus n' avum cure.
si granz ledece nus est apareüde
d' icest saint cors que am bailide avum*es*
par lui aurum, se deu plaist, bone aiude.“

103, 1. si se commurent tote. 3. en uienent si granz torbes.
4. cuens ni pout faire rote.

104, 3. por cest. 5. ceo dient tuit nos ne uolun torner.

105, 1. baillirent. 2. nus en querrun. 3. de nostre aueir feruns
grant departie. 4. gent st. main. 5. quant ceo uerunt
tost en serum deliure.

106, 1. tresor. 2. si. 4. de quanquil getent cil nel uolent
nient. 5. saint cors ont torne lur talent.

107, 1. crie. 4. cors ou auum nostre aiue. Vers 5 fehlt.

108 Unches en Rome nen out ei grant ledece
cun out le jurn as povres et as riches
pur cel saint cors qu' il unt en lur bailie.
óó lur est vis que tengent deu medisme,
trestu*s* li poples lodet deu e graciet.

109 Sainz Alexis out bone volentet,
pur oec an est oi cest jurn on[e]urez,
li cors en est an Rome la citet
e l' anema en est enz el paradis deu.
bien poet liez estra chi si est aluez.

110 Ki fait [ad] pechet, bien s' en pot recorder,
par penitence s' en pot tres bien salver.
bries est cist secles, plus durable atendeiz.
óó preiums deu, la sainte trinitet,
qu' o *lui* ansemble poissum el ciel regner.

111 Surz ne avogles ne contrai*s* ne leprus
ne muz ne orbs ne nuls palazinus,
en sur *que* tut ne neüls languerus,
nul[s] n' en i at ki 'n alget malendus,
cel nen i at, ki 'n report sa dolur.

112 N' i vint amferm*s* de nul*e* amfermetet,
quant il l' apelet, sempres nen ait san[c]tet.
alquant i vunt, a*l*quant se funt porter.
si veirs miracles lur ad deus *d*emustret,
ki vint plurant, cantant l' en fait raler.

108—113. Diese Strophen fehlen gänzlich. Da sie einen mora-
lisirenden Excurs enthalten, so sind sie zur Entwicklung nicht
nothwendig und können als ein Zusatz jener Ueberarbeitung
betrachtet werden, die uns im Lambspringer Codex vorliegt,
welcher sich ja trotz seines hohen Alterthums durch seine
metrischen und grammatischen Fehler als eine in England,
wo allein diese Fehler in frühester Zeit vorkommen, gemachte
Abschrift eines älteren Textes documentirt.

113 Cil dui seinur, ki l' empirie guvernent,
    quant il i veient les vertuz si apertes,
    il le receivent, si l' plorent e si l' servent;
    alques, par pri e le plus par podeste
    vunt en avant, si derumpent la presse.

114 Sainz Bonefaces, que l' um martir apelet,
    aveit an Rome une eglise mult bele,
    iloec aportent dan[z] Alexis a certes
    et attement le posent a la terre.
    felix li lius u sis sainz cors herberget.

115 La genz de Rome, ki tant l' unt desirret,
    seat jurz le tenent sor terre a podestet.
    granz est la presse, ne l' estuet demander,
    de tutes parz l' unt si avirunet,
    c' est avis, unches hom n' i poet habiter.

116 Al sedme jurn fut faite la herberge
    a cel saint cors, .a la gemme celeste.
    en sus s' en traient, si alascet la presse,
    voillent o nun, si l' laissent metra an terre.
    óó peiset els, mais altre ne puet estre.

117 Ad ancensers, ad ories candelabres
    clerc revestut an albes et an capes
    metent le cors enz en sarqueu de marbre.
    alquant i cantent, li pluisur jetent lermes,
    ja le lur voil de lui ne desevrassent.

114, 1. Doniface.   2. uno.   8. aportont saint Alexis.   4. trestot
    souef le poserent a terre.   5. lieus ou le saint cors conuerse.
115, 2. set st. seat — sus st: sor.   3. fehlt, dafür: plore li poples
    de rome la cite.   5. que auis unques i pout lum adeser.
116, 1. setime ior.   3. se traient.   5. co lor peiset mais.
117, **118** sind umgesetzt.   **117**, 1. et a orins st. ad ories.
    3. le cors en son sarcu.   4. cantent et auquant lermes
    espandent.

118 D' or e de gemmes fut li sarqueus parez
pur cel saint cors qu' il i deivent poser.
en terre l' metent par vive poestet,
pluret li poples de Rome la citet,
suz ciel n' at home ki 's peüst atarger.

119 Or n' estot dire del pedra e de la medra
e de la 'spuse, cum il se doloserent;
quer tuit en unt lor voiz si atempredes,
que tuit le plainstrent e tuit le doloserent.
cel jurn i out cent mil lairmes pluredes.

120 Desure terre ne l' pourent mais tenir,
voilent o non, si l' laissent enfodir.
prenent conget al cors saint Alexis
e si li preient que d' els aiet mercit,
al son seignor il lur seit boens plaidiz.

121 Vait s' en li poples, et li pere e la medra
e la pulcela unches ne desevrerent,
ansemble furent jusqu' a deu s' en ralerent,
lur cumpainie fut bone et honorethe,
par cel saint cors sunt lur anames salvedes.

122 Sainz Alexis est el ciel senz dutance.
ensembl' ot deu e la compaign[i]e as angeles,

118, 1. dargent st. de gemmes — cist sarcuz.   2. cors qui ens
deit reposer.   3. en terre le metent niert mes trestorne.
5. fehlt, dafür tuit i acourent nen ueut nul retorner.

119 fehlt.

120, 1. pueent.   3. pristrent.   4. e sire pere de nos aies mercit.
5. al tuen seignor nos soies plaidis.

121, 1. li poples et.   2. pulcele kil out espousee.   3. tant qua
deu sen alerent.   4. bele st. bone.   5. home st. cors. —
lors almes.

122, 2. en st. e.   Von **122**, 3 an folgt in MS. 1856 ein anderer
Schluss, der so lautet:

3*

od la pulcela dunt il se fist [si] estranges,
or l' at od sei, ansemble sunt lur anames,
ne vus sai dire, cum lur ledece est grande.

123 Cum bone peine, deus! e si boen servise
fist cel sainʒ hom[e] en cesta mortel vide,
quer or est s' aname de glorie replenithe.
óó ad que s' volt, nient n' *i* est a dire,
en sor *que* tut e si veit deu medisme.

124 Las, malfeüt! cum esmes avoglet!
quer óó veduns que tuit sumes desvet,
de nos pechez sumes si ancumbret,
la dreite vide nus funt tresoblier.
par cest saint home doüssum ralumer.

125 Aiuns, seignor[s], cel saint home en memorie,
si li preiuns que de toz mals nos tolget,
en icest siecle [nus] acat pais e *concorde*
et en cel altra la plus durable glorie
en ipse verbe, si 'n dimes pater noster.

Amen.

Mult serui deu de bone uolente
por ceo est ore el ciel corone
le cors gist en rome la cite
et lame en est el saint paradis de.
   Aiun seignors cest saint homme en memoire
si lui preun que de tot mal nos toille
et en cest siecle nos donst pais et concorde
et en laltre parmanable gloire.
   que la poisu uenir nos donst deus aiutorie.
   et encontre deable. et ses engins uitoire.
Man sieht, es sind die Strophen **109**, 1—4 und **125**, 1—4.

Anmerkungen zum Alexis.

Aus den vorhergehenden Lesarten der Pariser HS. ist
der Grund der meisten von mir vorgenommenen Text-
änderungen per se ersichtlich und ich habe nur wenige Be-
merkungen beizufügen. Was mit liegender Schrift bezeich-
net ist, sind von mir vorgenommene Aenderungen, was in
eckigen Klammern steht, sind Lesarten der Lambspringer
Handschrift, die ich aus dem Texte entfernt wissen will.
Eine vollständige Angabe aller Varianten der Lambspringer
HS. ist unnöthig, da sie in zwei Zeitschriften abgedruckt
ist, die sich in Deutschland wenigstens in Jedermanns
Händen befinden. Herr Professor Wilhem Müller war so
gütig, mir seine Originalabschrift zu schicken, aus welcher
hervorgeht, dass eine Anzahl Stellen von ihm richtig ge-
lesen ist, die im Abdrucke verfehlt sind, z. B. 20, 2 poures,
73, 5 busuin 9 (= busuinus). Zugleich schickte mir Hr.
Prof. W. Müller eine Anzahl Conjecturen seines Collegen,
Hrn. Prof. Dr. Theodor Müller, die ich in der Note[1]) mit-

---

1) La Chanson d' Alexis. 1,3* lies *or* statt ore. 15,3* l.
l'ad st. li ad. 15,5 l. *(e) ensur nuit.* 22,1. *lasse* muss beibehalten
werden. es ist d in qued als stumm zu betrechten. 24,1. vielleicht
Tres („völlig") st. Des vgl. 124,4. 27,5 *nul* (= nu l') ist richtig;
vgl. 19,5. 30,1 l. *jus à* st. jusque à. 31,5* l. *jo l' ferai.* (tu de
tun seinur braucht nicht geändert zu werden). 38,3* l. *(e) ensur
nuit.* 40,1* l. *à cel* st. à icel. 43,3 viell. *n' estat* („blieb nicht
stehen") st. n' altre. 46,2 l. *guardast* f. guardrat. 59,4 *amuiet*
ist richtig (amuier = admotare). 60,3* l. *si (li) depreient,* vgl.
101,5; 102,3. 61,5. Zu *ne guardent l'ure* vgl. Guill. d' Or. ed.
Jonckbl. p. 100, v 1021, p. 339, v. 4705; p. 338, v. 4671. Rom.
d'Alex. ed. Michelant p. 19, 10; p. 58, 12. 64,5. l. *ad* st. as.
70,1 l. *sus* (nicht sur) st. fuz. 71,5. l. *no* st. na. 72,5 l. *net* (=
ne t') *conéumes* und *net conuissum.* 73,1 l. *pechethor.* 73,4* l.
(nus) sumes. 74,3* l. *par (la) tue.* 77,1* l. *cume* st. cum. 77,5*
l. *sen (est) refuit.* 78,2 l. *derumpt.* 78,5 l. *tum* (= tu m') st. tun.

theile und für die ich ihm hier bestens danke. Ich habe
mir zwei seiner Emendationen angeeignet, die erste 101,3
mit der Modification, dass ich nostr'os in nostr'oes ver-
wandle und erkläre: für uns ist es eine Freude (oes kann
natürlich auch ops geschrieben gewesen sein und dann
stünde es den überlieferten nostros ganz nahe), die zweite
que n' am perneies, (84, 4) habe ich für quer n' am per-
neies, welches ich in den Text gesetzt hatte, aufgenommen.
In den übrigen Stellen, wo wir übereinstimmen, bin ich von
ihm unabhängig, da seine Anmerkungen eintrafen, als mein
Text schon druckfertig war.

1, 3 nul vor prut zu tilgen schien mir darum noth-
wendig, weil der Dichter nach meiner Meinung sagen wollte,
dass es jetzt von Gerechtigkeit, Liebe und Treue nicht viel
(prut) mehr auf Erden gebe. nul prut würde heissen =

79,2* l. *presentet* st. apr.   82,2,3, l. *n' aveie retenude que anpur tei.*
82,4* l. *ore* st. or.   84,8* l. *ki (li) toen* (toen ist einsylbig).   84,4.
Statt quer amper nei es lies *que n'amperneies* („warum nahmst Du
nichts davon?") 88,1 l. *e si jetet.*   89,4 l. *malfeüde* (gl. male
fatuta, von fatum, vgl. Littré Dict. s. v. feu).   90,4* l. *si (lu) la.*
91,3 l. *purquei, o fius.*   92,1* l. *ainz que t' vedisse, (en) fui m. d.*
92,3 l. *jo t' vid.*   92,4. l. *sor mei.*   92,5* l (ço) *n' est.*   94,5 l.
tum' st. tun.   95,3. Vor pur felunie muss eine Zeile ausgefallen sein;
sie kann etwa so gelautet haben: *car ben saveie, que ne t' en fus alet*
pur etc.   96,5* l. *or* st. ore.   *pesmes* st. posmes.   97,4* l. *ore* st.
or.   98,1 l. *jo t'.*   99,1* l. *or* st. ore. _ 101,3. viell. *à nostr' os*
est e goe („es ist zu unserem Nutzen und zu unserer Freude").
104,3* l. *icest* st. cest.   105,2 l. *querrums*   107,3* l. *mus est* (or)
ap.   110,1* l. *ki ad fait.*   111,2* l. *ne nuls* pal.   111,3* *ensur-*
quetut ne néuls.   111,5 l. *ki 'n report.*   112,4* l. *lur (i) ad.*   115,5*
co est avis.   117,3 l. *larmes.*   118,3 l. *le* (oder l') st. el.   119,1 l.
m' estot st. n' estot.   120,1* l. *(Quant) desur terre.*   120,4* l. *que*
de els; vgl. 37,5.   123,4* l. *nient n' (i) est.*   123,5* l. *ensorquetut.*
124,1 l. *malfeüz,* vgl. 89,4.   (Die Sternchen bezeichnen metrische
Conjecturen.)

keinen Nutzen haben diese Tugenden, was er doch nicht wohl meinen konnte.

17, 1. la Lice ist, wie aus dem latein. Texte hervorgeht, Laodicaea. Es kömmt auch in der nächstens von mir erscheinenden Pilgerfahrt Karls des Grossen nach Jerusalem und C. P. vor, V. 106, la grant ewe del flum passerent a la Lice, wo die HS. liee hat. Dass man nicht Lalice schreiben darf, sondern la Lice, geht aus Jacobus a Vitriaco hervor, der in seiner Historia Hierosolymitana cap. XLIV. S. 1073 (bei Bongars, Gesta Dei per Francos) sagt: Laodicia Syriae nuncupata, vulgariter autem Liche nominatur. Im Althochdeutschen sagte man Ladicce (vgl. Wackern. LB. 182 Z. 11.), türkisch heisst sie bekanntlich jetzt Latakiah.

24, 1. Des muss hier so heissen, vgl. 29, 3. cum dis = wie wenn.

28, 3. nelil habe ich in Rücksicht auf 55, 3 in neül verwandelt. Neben nul kommt in der älteren Sprache ein aus nec ullus entstandenes zweisilbiges neül vor.

29, 3. Durch die Schreibung cum dis l' avust predethe statt der Lesung der Lambspringer HS. wollte ich die Entstehung der aus dem Par. (durch die Lesung leust preee) ersichtlichen Corruptel klar machen. Der Abschreiber verstund die archaistische Form nicht mehr und las für auust (= habuisset) aitust, welches er als ait ost deutete. Die Deutung, das Zimmer habe ausgesehen, als wenn ein Heer es geplündert hätte, scheint mir ganz unzulässig. Wenn meine Aufstellung avust richtig ist, so wäre diess ein Beweis, dass der englische Abschreiber des Lambspringensis einen um vieles älteren Text vor sich gehabt hätte.

31, 5. tu de seinur mit Auslassung von tun habe ich mit Rücksicht auf 47, 4, wo sun ebenfalls ausgelassen ist, in den Text gesetzt. Es ist ein schöner Archaismus.

38, 3. ne me voil st. nen revoil braucht keine Rechtfertigung.

51, 4. Das verzweifelte musgode musste hinaus, wozu die Lesart des Par. estui die Handhabe bot, in Verbindung mit Gl. Par. 7692 Nr. 537. estui heisst versteckter Vorrath, pomarium Aepfelkammer, so wagte ich misgode (= migoe) zu setzen. Sonst würde muscede (Versteck) am nächsten liegen. In W. Müllers Abschrift steht über dem u ii, also kann man misgode lesen.

59, 4. amvietz ist invitatos.

73, 2. vocet, Par. vouchie = vocati.

80, 3. consiredes sollte ich wohl statt consireres in den Text gesetzt haben mit Rücksicht auf 94, demuredes st. demureres.

107, 4. baiule hätte ich nach dem von Rochegude ohne Beleg verzeichneten bajulia zu setzen gewagt, da bailide durch die Assonanz verboten ist und ich bailude, was am nächsten gelegen hätte, noch weniger zu belegen wüsste. Freilich muss ich bekennen, dass auch bajulia nichts weiter als bajuliva oder baillida sein wird und somit zog ich vor, durch Aufnahme von avumes in die Assonanz zu helfen.

111, 2. palazinus heisst paralyticus vgl. Roquefort palasine, palasinus, der Form nach malum palatinosum.

111, 4 malendus scheint mir ganz verdächtig, da es, wenn es auch ein richtiges Wort wäre, was jedenfalls nicht zu beweisen ist, wohl von malus herkommen und eine Bedeutung haben würde, die der an unserer Stelle geforderten entgegengesetzt wäre. Valendus, valedur oder eine derartige Ableitung von valere scheint mir hier der Sinn zu fordern. Sollte valendus eine Zusammenziehung von valetudinosus sein und krank bedeuten, so müsste man wohl lesen: cel nen i at, k' en alget valendus = keiner davon geht krank von dannen. Eine Ableitung von malaigne pr. malanha (aus lat. malignus) scheint wegen der Bedeutung unstatthaft.

Zum Schlusse habe ich zu bemerken, dass mir aus einer Beurtheilung der in Lund erschienenen altfranzösischen Sprachproben in der Revue critique, Jahrgang 1867 recht wohl bekannt ist, dass auch in England im Privatbesitze (wessen, ist nicht gesagt) eine Handschrift des Alexis sein soll, die mit dem Lambspringer Texte aus einer Quelle geflossen wäre. Wer weiss, welche Schwierigkeiten es hat, nur deutsche, geschweige denn englische Privathandschriften zur Benützung zu erlangen, wird mir nicht verargen, dass ich meine Arbeit ohne Rücksicht auf diesen verborgenen Schatz publicire. Vielleicht trägt diese Veröffentlichung dazu bei, einen Abdruck oder eine Vergleichung der englischen Handschrift zu veranlassen und so die Textkritik dieses hochwichtigen Denkmals weiter zu fördern.

---

3) „Das zweitälteste unedirte altfranzösische Glossar".

Das altfranz. Wörterbüchlein aus dem Anfange des 14. Jh., von dem ich hier einen Auszug gebe, der alle etwas seltenen Wörter (im Ganzen etwa ein Zehntel) enthält, trägt oder trug die Bezeichnung 7692 fonds latin, und ist unter allen bis jetzt bekannten meines Wissens das zweitälteste, wenn es richtig ist, dass das Petit vocabulaire von Evreux (ed. Chassant, Paris 1857) noch der zweiten Hälfte des 13. Jh. angehört. Ich wurde darauf aufmerksam gemacht durch Paulin Paris und machte diesen Auszug während meines ersten Pariser Aufenthaltes (1850—51). Seitdem wurde es besprochen in der Hist. lit. de France XXII. p. 24 (1852) von Emile Littré und in den Altromanischen Glossaren (Bonn 1865) S. 4. Note von Fr. Diez erwähnt. Ein Abdruck davon ist mir nicht bekannt.

Den romanischen Völkern fehlt, wie schon der grosse Muratori [1]) bemerkte, der Vortheil, den die „barbarischen Nationen" geniessen, ihre Sprache im ältesten oder relativ ältesten Zustande zu kennen. Die ärmlichen Ueberreste frühester romanischer Sprache reichen weitaus nicht an die Fülle altgermanischer Denkmäler, deren wir uns erfreuen gegenüber der Armuth aller anderen Völker Europas im Mittelalter. So fehlen dem Altfranzösischen vor und in seiner Blüthezeit, dem zwölften und dreizehnten Jahrhundert, alle lexicalischen Hülfsmittel und erst mit dem Verfalle der Literatur beginnen sie spärlich aufzutauchen. Eine vollständige Sammlung dieser zerstreuten Stücke, sei es in genauem Abddrucke, sei es in systematischer Bearbeitung, am besten in beiden, ist ein Desideratum, dessen Erfüllung leicht zu versprechen, aber schwer zu halten sein wird.

Ein Wörterbüchlein, wie das vorliegende, bedarf, um nützlich zu sein, eines Commentars, den ich später zu liefern mich anheischig mache, wenn ich die Ansicht meiner gelehrten Freunde über gewisse schwierige Punkte vernommen habe, deren Entscheidung ich mir allein nicht zutraue. Auf zwei sehr interessante Wörter will ich jetzt schon auf-

---

1) Er war es, der zuerst das germanische Element in der Etymologie theoretisch und praktisch zur Geltung brachte gegenüber der klassischen Bornirtheit eines Menage u. A., der die kindische Eitelkeit seiner Landsleute auf ihre Abstammung von Halb- und Viertelsrömern zurechtwies, und wie wenig sie über die Beimischung germanischen Blutes zu erröthen hätten, das unzweifelhaft in ihren Adern fliesst, der endlich für die germanischen Sprachinseln in Oberitalien mindestens eben so viel Verständniss und Interesse zeigt, als unsere gothisirenden Dilettanten, wenn er (Diss. XXXIII. p. 336) mittheilt: Anzi nelle montagne del Veronese, Vicentino, e Trentino v' ha tuttavia delle Ville, che ritengono molto dell' antica Lingua Sassonica; e il Re di Danimarca sul principio del presente Secolo parlando con quella gente, molte vestigia vi trovò della Lingua Danese.

merksam machen. Amphitheatrum heisst cercle de tounel, (was schon von Du Cange unter Amphitheatrum bemerkt ist und im Vocab. de Douai S. 207 mit cercles de vin identisch zu sein scheint,) worin man sofort das holländische tooneel erkennt, dessen Ableitung von dem Verbum toonen zeigen mir nicht einleuchten will. Freilich weiss ich auch keine Erklärung aus dem Romanischen, denn tounel heisst Fass (tonneau) und mit tonnelle prov. tonela Laubengitter wird wohl noch weniger anzufangen sein. Wenn man freilich dem Petit Vocabulaire von Evreux S. 35 trauen dürfte, so hiesse tounel versatilis. Allein das Werkchen wimmelt von Fehlern und eine kritische Ausgabe ist ein dringendes Bedürfniss, insofern überhaupt bei einer so vernachlässigten und geringgeschätzten Literatur, wie die altfranzösische, von dringend die Rede sein kann. Es wird also auch hier, dem lateinischen Worte entsprechend, tornel oder tournel zu lesen sein. Der Zusammenhang zwischen cercle de tounel, cerle de vin und tooneel könnte möglicher Weise darin liegen, dass Schauspiele da abgehalten wurden, wo man eben auch Wein und Bier verzapfte, wofür zum Zeichen ein Fassreifen über dem Eingange aufgehängt war, wie noch heute an manchen Orten. Der zweite wichtige Punkt ist die Gruppe vagari gauler, vagus gaule, vagatio gauliere. Hier scheint mir die Erklärung des vielbesprochenen Namens der Vaganten oder Fahrenden zu liegen, Goliard. Die romanische Grundform hiesse gaulard, was denn die wörtliche Uebersetzung von Vagant wäre. Das Wort gauler selbst führt auf ahd. wallôn nhd. wallen = ambulare, meare, errare, und golard wäre wörtlich ein Waller. Sollten diese beiden Wörter darauf hindeuten, dass das Wörterbüchlein im nordwestlichen Theile Frankreichs an der niederländischen Sprachgränze seine Entstehung hatte?

Lexicon latino-gallicum (saeculi XIII.) Cod. Colb. 6430.
Regius 6696/3. hodie *7692.* 107 Blätter, klein 8°. 26 Zeilen
2 Spalten, von 102 an 3 Spalten.

1 Abavus *tier æl vgl.* attavus
  abbas *abbe*
  abbatissa *abeesse*
  abbassia *abaie*
5 abreviare *abreger*
  abreviatio *abregance*
  abdicare *refuser*
  abdere *mucer ou respondre*
  abducere *formener*
10 abesse *desestre*
  aberrare *forvoier*
  abicere *ieter*
  abiectio *ietement*
  abigeatus *larcin de beste*
15 abies *sapin*
  abienus *de sapin*
  abigere *embler vel for-*
    traire vel chacer ensus
  abiges *larron*
20 abigeus *idem*
  abyssus *abeme*
  ablactare *sevrer enfant*
  abluere *laver*
  ablutio *lavance*
25 abnegare *renoier*
  abnepos *III me nepvox*
  b) abiurare *escondire*
  absolere *contumer*
  abolere *effacer*
30 abolitio *effance*   (sic)

abhominari *escōmovoir*
abhominatio *abhominaton*
  (sic)
abortire *auorter*
abortivus a um *auorte*
35 abortari *amoneter*
abhorrere *espouenter*
abradere *reire vel rager*
abrenunciare *renoncer*
abrogare *destruire*
40 abruptus ta tum *desrompu*
abscedere *aler*
abscindere *trencher*
abscondere *mucer vel re-*
  spondre
absconsio *musance vel re-*
  sponse
45 abscintium *alene*
absistere *ester*
absorbere *super . . gouter*
absonus a um *descor . . .*
abstergere *terdre*
50 absilire *saillir*
absterrere *espouenter*
abstinere *abstonir*
abstudere l. abstuere
  estouper
abstrahere *fortraire*
55 absumere *degater*
absurdus a um *qui ne fait*
  a ouir

abutir (sic) *mesuser*
abusio *abusion*
abusive *encontre usage*
60 abundare *abunder*
   abundancia *abundance*
   achates *pierre precieuse*
   acantis *aube espine*
   acazalantis *escardonnerele*
65 acalicus ca cum *escale*
   accedere *aprocher*
   accessus *aprochement*
   accelerare *hater*
   accendere *embraser*
70 accentus *accent*
   accentuare *accenter*
   acceptare *prendre a gre*
   acceptio *recevance*
   acceptabilis *receptable*
75 acceptus *recue*
   acludere *aclorre*
   accipere *recevoir*
   accidere *advenir*
   accidit *il advient*
80 accinere *accorder*
   accidiare *ēnuer*
   accidia *ēnui peresce*
   accidiosus *pereceus*
   accingere *ceindre*
85 acer *erable*
   f. 2. acea *hache*
   acerra *vaicel a uile l' encensier*
   acies *otage l' pointe de soc l' cornet de luel*

90 aquirere *acquerre*
   acredo *escrim, egrun*
   acitare *tere*
   actuaria *nef qui est menee de cordes*
   actor *fesor*
95 adagonista *enchercheur*
   adicere *contreter*
   adire *requerre*
   adeps *cresse*
   adnichilare *anianter*
100 adnullare *anianter*
   adulare *lober flater*
   adulatio *lobance*
   adunare *aduner*
   adunatio *adunance*
105 advicinare *aprocher*
   f. 3. affrica *aufrique*
   agagula *lechierre*
   agaso *asnier*
   aguia *le treu de la balence l' hautesce*
110 ageno dea .1. *deesse*
   agalia lium festa eius
   agger *traval s monter s fosse*
   agea *naie en nef*
   agresta *vermis de pommes*
115 aginare *hater*
   agapallus *uireli*
   agoria *polie*
   alabrare *traouller*
   alabrum *traoul*

120 alabastrum *boeste de houegnement*

aluta *cordoen*

alcedo *cormorage*

alietus *esmerillon*

alisterium *peteil*

125 alnetum *auney*

alloqui *arresonner*

aluta. *cordouen*

alpes *mont de monge*

altitronum *pronel*

130 alveum *auge*

alveus *aube*

ambages *doutance l' trufle*

amarusca *amouroite*

amens *deve*, amentia *de-verie*

135 amphiteatrum *cercle de tounel*

amphora *biere s. chane*

amidalum *alemande*

amidalus *alemandier*

auca *oue* ancer *oue*

140 auculus *ouyson*

anas *ane boure* od. *voure*

ancile *talevas*

ancionarius *regratier*

angariare *fere coruce l' contraindre*

145 angaria *coruce ou detresce*

angustiare *etrescer*

antrum *fosse*

auxigia *ouint l' tresse de port*

[l. axungia *cresse de porc*]

aspergitorium *guipillon*

150 apium *ache 1. herbe*

apiaster *la mere aus mouches*

apiacula *petite ee*

apis, od. apes *mouche a miel*

apiago *seneschon*

155 aparitor *bedel l'aparitour*

apostema *poteme*

apotecari *espicer*

appellere *ariver*

applacare *pleer*

160 appricus *delectable*

aqualicus *eveus*

ara *tet a pors*

arare *erer*, arator *erour*

arrabo *erre*

165 arbutus *arbree*

archa *huche s. arche*

arcimum *escarlate*

aritomus *mullon*

areola *reste*

170 aristoforum *.1. vaissel* darüber *buet* von anderer Hand

armentum *aumaille*

armentarium *aumaille*

armilla *behoudour*

artavus *canivet*

175 artiue *arthiers*

arthocrea *royssole*

arthocaseus *faon* (od. *fion*)

arugo *buhen*

aruina *oint cresse*

180 arthesis *crampe*
artheticus *cramcheus*
arundinetum *rosei*
aspergus *boulet*
aspernari *despere*
185 assata *cherbonee l' hate*
asser *es l' espuer*
assula *doloere*
astare *ester*
attavus *quart ael*
190 auricalcum *ercal*
amptonus *amptone*
  (= *Hampton)*
autorium *abotage*
avus *ael*
avunculus *oncle*
195 avuncula *ante*
ava *aele*
axis *esseill*
axionarius *regratier*
— ia *regratiere*
200 axungia *oint*
baccus *bon vin*
balbutire *baubier*
balbus *baubiour*
barutelium *belutel*
205 batus *bouecel*
batillus *bouecellet*
biceps *qui a II. testes,*
  becheves
bilinguis *begue*
bipennis *hache lorreise*
210 bladiolum *blairie*
blesus a um *blef* (l. *bles)*

boletus *boulet*
bonbinare *perre*
bombizare *idem*
215 bonbinant homines sed
  bonbizant apiastres
bombulus *pet*
botrus *bourion*
bracos grece *breire*
braceum *gui*
220 branchya *iouue*
bratea *piece d or*
brateatus *dore*
bracca *braie*
braccale *brael*
225 brasium *brais*
bria *mesure*
bricium *goutiere*
bubalus *bugle*
buca *buche*
230 bucca *bouche*
bubo *huen l' bube*
bufo *grapout*
buris *coue de cherue*
cachinare *esquigner*
235 calamaularius *chalemel-*
  lour
calamistrum *esclice a*
  crepir les cheveus
caliendrum *aumuce*
cameleon *.I. bestelote*
camena *.1. muse l'chanson*
240 campanarius *maraglier*
camomilla *vignoche 1.*
  herbe

cambis *chaueires*
candolirare *acomper*
capitium *chevessaille*
245 caputium *chaperon*
carbo *cherbon l' escarbot*
carestum *glaie*
carpere *cherpir*
cucufa *puelle*
250 casia *espesce*
castratus a um *sane*
catellus, catulus *chael*
catulus *chatonnet*
catilio *lechierre*
255 catinus *escuelle*
cauina *harle*
celenina *rotuenge*
cenaculum *souper cenail*
cenobates *rampereul de nef*
260 cepulatum *ciue*
cepularium *oignonee*
cepule *escalongnes*
cerasus *ceresier*
cerasum *cerese*
265 cerulus *bloy l' iastunz*
cericus *tormente*
cernida od. cernicla *pas-
soere*
cespes *blete l' gason*
cestus *taluas*
270 ciatus *fiole l' hanat*
ciclas *cendal*
cinapium *mortarde*
cinapis *cēneues*
cindola *essende*

275 ciniflo od. ciuiflo *souflet*
cinus *meresier*
ciphus *hanap*
cippus *sep l' taupiniere*
cirurgia *mierrerie*
280 cirurgicus *mirre*
cirritus *qui porte dorenlot*
cerritus *deue ē mal*
cista *huche*
cytacus *papegay*
285 citus *inel*
civis *citeien*
classis *nef*
classica *bouesine*
clatrus *barre s' hese*
290 clavicularius *clavier*
claudus *clop*
clibanarius *fournier*
clinicus *cloche l' croche*
clingere *tintener*
295 cloaca *privee*
clunagitare *culeter*
crisari idem versus clun-
agitant homines sed
crisantur mulieres
clunis *reins*
300 coccineum *roge*
coccineus *roge*
cmociclotorium *esclo-
touere* (= Schleuse)
coherere *herdre*
colaphus *colee*
305 colera *cole*
colericus *colerike*

collabi *glacier*
collifium *cochelui l' pains*
   azimus *l' recie*
coleseum *ymage de mort*
310 colomba *columbe privee*
columbus *colon prive*
comedia *comedie*
communicarcacomminger
compellaro *aresner*
315 compitum *.1. vie fourchee*
conchis *moulete*
concha *oestre l' escale de*
   banachon
concubina *guarce*
condicere *porparler*
320 conflabulari *flaber*
confabulatio *flabance*
conhibere *ostreer*
cōnopeū *grondine*
constipare *costiver*
325 contexere *tetre*
contempnere *despire*
contemptus a um *despit*
contorquere *tuetre*
corale *cuissel*
330 corea *querole dance*
hic cormus *cormier*
cormum *corme*
corrugare *refreingner*
corvus *corbin*
335 cos *keus*
coturnus *bote*
crater *hanap*
cratis *clee s greil*

crates *greil*
340 craticula *idem*
creaga *havet* od. *hanet*
crema *cremie*
crepita *husse*
crepido *pie*
345 crisma *creme*
crepusculum *ajourne*
crepudium *bers*
creta *croie*
cripta *crouste*
350 crispare *crespir*
croccus *saphren*
crudes *baton ferre*
crudescere *acruir*
cruor *sanc fege*
355 crucibolum *crascier*
cracibolum *crasset*
cucufa *coife*
cuculla *coule*
culla *coule*
360 cuculus *cucu*
cucumer *courgier*
cucurbita *coure*
cuppa *tune*
curculio *mulot*
365 curuca *brunete l'* homo
   qui sanat *estrange*
curvus a um *corve*
dactilus *datier*
dactilum *date*
dapifer *depencier*
370 debilitare *aflebier*
debilis *fleibe*

4

debilitas *flebeisce*
debiliter *flebement*
decimator *deemour*
375 decipula *ratiere, piege*
deformis *ley*
dentrix *luz*
depiga *nache*
dudum *piecha*
380 Dusius *s. dyable*
eculeus *pilori*
elleborum *essole*
erarius *menguen*
eruca *escalongne l' cha-*
tepelose
385 esculus *meslier*
esculum *mesle*
essedum *chereste*
estillus *sompne*
evidens *apers*
390 excipere *essieuter*
exedra *siege t fenestre*
large par dehors et
estroite par dedens
exequare *aigier*
expuere *escopir*
exstipare *esteper*
395 fagus *feu*
fagina *feine*
falla *bretesche*
falernum *guersey (sic)*
falanga *eschalas*
400 fanum *temple chacel moutier*
faretra *cuevree forel*
fascinare *fesner*

fascinum *.1. faine*
ficetum *figuerie*
405 filix *feugiere*
fistula *frestel*
flebotomus *fleume*
fogus *boulet*
formicales *teguaillz*
410 fratillarius *penfier* oder
peufier
frustrum *clut*
frustrare *racluter*
frustex *bysson*
frustetum *byssoney*
415 fugillus *fouesil*
fulcrum *couessin l'esponde*
fulgetra *escler*
fulgurare *foudrer*
fulvus *blons*
420 funda *eslingue*
fundibularius *eslinguour*
fungus *boulet*
funiculum *funil*
furfur *bren t malait*
425 furetus *furet*
fustiua [l. fuscina] *havet*
l' croc a 111 dens
fuscotorium *fusteine*
fuscus *bourdon*
fisus *fisel*
430 fisum *fisee*
futilis *espaudable*
galbanus *.1. espece*
gannire *caketer*
gannitus *chant de goupil*

435 gamagogus *houlier t ma-*
    querel
garrire *gengler*
garrulus *gengleur*
gelicidium *verglas*
genealogia *perage*
440 gerere *porter l' fere*
    gironagus *nais*
gith *gargerie*
gleba *blete*
gorbro *govion*
445 gradus *degre t erre*
gradale *greel* liber est
heresis *bougrerie*
hinnulus *bichot*
hinnula *escalongne*
450 hyconomus *seneschal*
hystrio *glouton t guglour*
horror *hydour*
horridus *hydeus*
horarium *guimple l' per-*
    hores
455 humectare *amoitir*
idromel *mieltou*
iecur *gisier*
impetus *embroissement*
impetuosus *embroissens*
460 — se *embroissement*
incunabulum *bers*
indolis *simplesce*
industria *noblesse*
industrius *sachant t noble*
465 infecundus *brehain*
infligere *aflire*

intricare *entreuescher*
ioncus *ionc*
iocetum *ionchey*
470 iuba *creste l' crine*
iugulum *guiterons*
lacessere *tarier*
lagena *pois. baril. iaille*
lascivire *enboiser*
475 lascivus *jolis enboise*
lascivia *jolivete enboisete*
latrina *longuaigne*
legatum *lees*
legatarius *qui fet lees*
480 legium *lutrin*
legia *floibe nef*
legia *le trendre de loreille*
libens *volentrui*
licium *lice*
485 lignus *limenguon*
liga *pic*
ligula *lamere*
ligustrum *primerole*
ligurium *loge*
490 limphaticus *eveus*
linus *limēgnon*
lira *herpe t ree (l. roe?)*
locium *pissas de beste*
locusta *autereule (sic)*
495 lubricare *escoulourier*
— us *escoulouriable*
lucifuga *fresoie*
ludipilare *jouer a la pelote*
ludipilus *jeu de pelote*
500 ludia *balerresce*

4*

lupanar *bordel*
lutatum *hourdeis*
manere *maindre*
mango *harecier*

505 marcere *marcir*
medicus *mere*
medus *bouquet*
meretrix *fole fame*
milvius *escoufle*

510 mirica *genest*
miricetum *genestee*
mirtus *gauge*
nassa *nanse*
nates *naches t nage*

515 nazarenus *dieu denois*
necomenia *fierfete*
nonaria *fole fame*
nucleus *noel*
obstaculum *achopal*

520 olea *olivier*
palumbus *coulon ramier*
papauer *pouencel*
papula *bube*
parum *pouay*

525 pastinata *pasnasie*
paucus *poy*
pertinax *enredde*
— acia *ruderie*
pessale *peissel*

530 pessulum *clenche*

piragra *estreul*
pirolus *escureul*
pituita *pepie* morbus
galline
placenta *fouace*

535 pollicere *premestre*
polentrudium *belurel*
pomarium *migoe*
praedium *alues*
procus *prumen l' damoisel*

540 pronuba *baudetrot*
pulegium *poulieul*
pungus *champmeul* [l.
champineul]
pusio *bachon*
putere *puir*

545 raucus *raus esroue*
regia *sale*
regulus *serpent t. rebestre*
repedare *regiber*
repatriare *reperer*

550 repulsa *escondit*
ropida *roupie*
— dus *roupious*
rosatum *rosey*
rudis *verge l' rude*

555 rugire *ruir*
runcare *runkier*
rucina *rouencure*
ruricola *ahanier f. la-
boureur*

sandix *garence*

560 scortator *houlier*

sepum *sieu*

serum *meegue*

sica *gisarme*

sicera *sidre*

565 sodes *keles*

sorbitium *chaudel*

sotular *souler*

spatiari *esbaliei*

specus *fosse*

570 stellio *mouron l' vert qui luit par nuit*

sterilis *brehengne*

— tas *brehennete*

strabo *tourlout*

struma *boce de hanche*

575 strigilis *estrille l' emiore l' creton l' creil l' estamine*

suburbium *souscite l' horsborc*

suparus *canie* od. *came*

tabefacere *soucire*

tabidus *souci*

580 terebrum *tariere*

— bellum *petit tariere*

terebintus *bououl*

teristrum *soucanie*

tergiversari *essier*

585 — atio *essiance*

tero *bues*

tillia *teil*

tintinabulum *tintenele*

tina *tine*

590 timpanizare *trumper*

tiria *glasson*

tribula *esmotouer l' herce*

` l' hese l' pele*

trica *tresse*

trutanus *truant*

595 truda *troete*

vafer *bourdon*

vagari *gauler*

vagus *gaule*

vagatio *gauliere*

600 vagina *gueine*

valgia *moe*

vangua *besche*

vepretum *ronsonnei*

veratus *champatever sic*

605 veretrum *vet*

vertibulum *trefeu*

villa *ville*

villicus *mere* non est medicus.

villicare *avoir ballie*

610 villicatio *ballie*

vimen *vionet l' osiere*

visquiamus *queuele*

upupa *hupe*
uranus *ciel de feu*
615 urceolus *pōsonnet*
urna *treue*
voltur *hutoir*
voltus *vout viare*

---

contumer contumare, appreciare

doudre dolere
espenir luere, punire, mactare, languere
envorer exterminare, exulare, relegare
iorneer diurnare, pendinare
noblir nobilitare
profeter proficere.
